Berthier Pearson

Une fée
aux lames d'argent

**Illustrations
Hélène Meunier**

D1385712

Collection Œil-de-chat

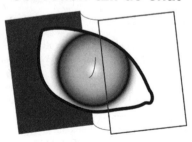

Éditions du Phœnix

© 2013 Éditions du Phœnix

Dépôt légal, 2013
Imprimé au Canada

Illustrations : Hélène Meunier
Graphisme de la couverture : Hélène Meunier
Graphisme de l'intérieur : Hélène Meunier
Révision linguistique : Hélène Bard

Éditions du Phœnix

206, rue Laurier
L'Île-Bizard (Montréal)
(Québec) Canada H9C 2W9
Tél.: 514 696-7381   Téléc.: 514 696-7685
www.editionsduphœnix.com

Pearson, Berthier
  Une fée aux lames d'argent
  (Collection Œil-de-chat ; 51)
  Pour les jeunes.
  ISBN 978-2-924253-08-3
  I. Meunier, Hélène. II. Titre. III. Collection :
Collection Œil-de-chat ; 51.
PS8631.E27F43 2013   jC843'.6 C2013-941470-3
PS9631.E27F43 2013

 Conseil des arts   Canada Council
du Canada   for the Arts

Nous remercions la SODEC de l'aide accordée à notre programme
de publication. Nous reconnaissons l'aide financière du gouverne-
ment du Canada par l'entremise du Fonds du livre du Canada pour
nos activités d'édition à notre programme de publication.

Nous remercions le Conseil des arts du Canada de son soutien.
L'an dernier, le Conseil a investi 154 millions de dollars pour mettre
de l'art dans la vie des Canadiennes et des Canadiens de tout le
pays.

We acknowledge the support of the Canada Council for the Arts,
which last year invested $154 million to bring the arts to Canadians
throughout the country.

Berthier Pearson

Une fée
aux lames d'argent

Éditions du Phœnix

À mes deux charmantes filles,
Shaheena et Geeta qui,
lors de leurs nombreuses compétitions,
soulevèrent les foules du Québec
grâce à leurs performances artistiques.

À la jeune et sympathique
Julianne Maya Lauzier, rencontrée
sur le Camille-Marcoux durant
la traversée de Matane — Baie-Comeau.

À tous les jeunes patineurs
et toutes les jeunes patineuses
qui souhaitent réaliser leurs rêves.

B.P.

1

La sonnerie du réveille-matin fait sursauter la jeune fille. Julianne allonge le
bras et, à l'aveuglette, presse sur le bouton.
Tout ensommeillée, elle se recroqueville
sous ses couvertures.

Sa maman la laisse dormir encore
quelques instants dans son petit nid douil-
let avant d'ouvrir la porte de la chambre.
Elle glisse alors les rideaux de la fenêtre
qui laisse aussitôt entrer un généreux flot
de lumière. Sa mère s'approche du lit et
tapote doucement sur ce qui lui semble
être la tête de sa fille.

— C'est l'heure, Julianne. Lève-toi. Le
déjeuner est prêt.

Julianne sort la tête de ses couvertures,
s'étire et sourit à sa mère. Soudain, elle se
rappelle : aujourd'hui, c'est le grand jour !
La jeune fille saute de son lit et jette un
coup d'œil à la fenêtre. Elle est aveuglée
par la force du soleil qui brille déjà dans le
ciel froid de février. Il a neigé quelque peu

pendant la nuit, et du frimas couvre la voiture garée devant la maison. Julianne en a des frissons, mais elle sourit. L'hiver, quelle belle saison ! Maintenant tout à fait réveillée, elle court faire sa toilette et va rejoindre sa maman dans la salle à manger.

— Es-tu bien reposée, ma grande ? Te sens-tu prête pour ce grand jour ? lui demande sa mère en lui versant son bol de céréales.

— Oui, maman. J'ai bien dormi. As-tu préparé ma robe et mes collants neufs ? demande Julianne, soudainement inquiète.

— J'ai tout vérifié. Tout est prêt. J'ai aussi préparé ta petite valise. J'ai même remis une nouvelle couche de blanc sur tes patins. N'oublie pas tes deux CD de musique, ton maquillage et ton baladeur MP3. Pendant que tu t'habilles, je vais préparer une légère collation pour la route. Dépêche-toi.

Julianne se sent quelque peu nerveuse, mais rayonne de joie. Elle tient en main la liste des dix-huit compétitrices et elle sait que la tâche sera difficile. Ayant plusieurs fois participé à des compétitions, elle a eu l'occasion de rencontrer ces patineuses qui lui livreront une lutte féroce. Malgré tout, Julianne se sent prête. Elle a complètement changé son programme, et elle réserve une belle surprise à ces filles.

Sans prendre le temps de manger, les deux voyageuses referment la porte derrière elles et s'engouffrent dans la voiture.

Assise sur le siège du passager, Julianne regarde le paysage défiler sous ses yeux. Les écouteurs dans les oreilles, elle écoute la musique de son programme et se remémore sa chorégraphie. Elle sourit de contentement. Elle souhaite plus que tout au monde que son papa soit là. Il le lui a promis. Son père l'appelle toujours « petite fée volante », et elle adore ça. Il trouve qu'elle vole sur la glace comme un oiseau. À cette pensée, Julianne sourit, se rappelant ses débuts de patineuse artistique...

2

Je n'avais que cinq ans lorsque le goût de patiner m'est venu, se souvient-elle. Mon papa m'avait amenée avec lui dans le parc du village. La patinoire fourmillait de personnes de tout âge. Des couples patinaient main dans la main, des garçons couraient les uns après les autres et des filles s'amusaient à exécuter de petites pirouettes au centre de la glace.

Regarder mon père patiner à toute vitesse et zigzaguer à travers les patineurs m'avait impressionnée. Il s'arrêtait souvent près de moi et me prenait dans ses bras pour faire une promenade autour de la patinoire. Cela m'avait remplie de joie et m'avait donné le goût d'en faire autant. À mon retour à la maison, je lui avais demandé :

— Papa, j'aimerais bien que tu me montres à patiner comme tu sais le faire. J'ai vu des petites filles de mon âge glisser et exécuter des pirouettes avec leur jolie robe pleine de couleurs. Elles semblaient tellement s'amuser avec leurs parents... Veux-tu m'acheter une paire de patins ?

— Avec plaisir, Julianne. Tu verras comme c'est agréable et facile. Il s'agit d'un sport d'hiver merveilleux. Je serai le plus heureux des papas lorsque je patinerai avec toi.

Quelques jours plus tard, j'accompagnais mon père à la boutique de patins du centre commercial. Mes yeux s'étaient écarquillés de surprise en voyant tous les accessoires et l'étalage de jolies robes colorées. Je me voyais déjà dans l'une d'elles, tournoyant sur la patinoire du parc. Le lendemain, après l'école, j'avais sorti mes patins de la boîte et je ne cessais de les admirer. *Comment pourrai-je me tenir debout sur ces fines lames ?* m'étais-je demandé. J'avais beaucoup insisté auprès de ma maman pour les chausser.

— Maman, s'il te plaît, je veux aller au parc essayer mes patins.

— Pas aujourd'hui, Julianne. Tu sais bien que je ne sais pas patiner. Puis, ton papa travaille. Il faudra attendre la fin de semaine et voir si la température le permet. Entre temps, je t'achèterai des collants de laine, des gants et une paire de pantalons de joggings pour te tenir au chaud. D'accord, ma puce ?

J'avais passé la semaine à rêver. À l'école, j'étais distraite dans mes cours et je parlais à toutes mes amies de ce moment merveilleux qui m'attendait. J'étais si fière ! Le soir, j'ouvrais souvent ma boîte pour admirer mes patins, impatiente de m'amuser dans le parc du village.

Enfin, samedi est arrivé. Mon père m'a aidée à chausser mes patins, et nous nous sommes rendus au parc. Sur la glace, je n'ai pas réussi, évidemment, à me tenir debout tout de suite sur mes lames. Mon père m'a pris les deux mains et, à reculons, il a tiré lentement sur moi. Je me suis retrouvée souvent sur le derrière, mais je m'en moquais : j'avais tant de plaisir ! Après une bonne heure d'entraînement, nous sommes retournés à la maison. À mon retour, j'avais exprimé ma joie avec beaucoup d'enthousiasme.

— Maman, j'ai réussi ! Papa et moi avons fait une dizaine de fois le tour de la patinoire. Je suis tombée plusieurs fois. C'est dur pour mes fesses, mais quel bonheur! lui avais-je dit en riant. Je vais apprendre vite, maman! Tu me verras bientôt patiner comme les autres filles et faire des pirouettes au milieu de la glace.

3

Julianne sourit toute seule. Le nez collé à la vitre de la voiture qui file sur la route, elle songe à tout ce chemin parcouru dans sa vie de patineuse...

Ce fut le commencement de ma belle aventure de patineuse artistique, se remémore-t-elle encore. L'automne d'après, maman m'avait inscrite au club de patinage du village. Le début avait été difficile. Comme l'heure de glace était nettement insuffisante pour moi, maman m'amenait au patinage libre de l'aréna et j'essayais de me tenir debout toute seule. Je tenais la bande d'une main et j'avançais à petits pas. Je tombais souvent. J'arrivais à la maison le derrière endolori, mais je n'abandonnais jamais.

Les mardis et les jeudis, papa m'amenait au club pour mes cours du soir. Ils étaient donnés par les patineuses plus grandes. Celle qui s'occupait de notre groupe de novices s'appelait Cloé. Elle

était très gentille et patinait merveilleuse-
ment bien. Elle compétitionnait pour le
club et remportait toujours des médailles.
Je l'adorais !

Nous étions rassemblées en petits
groupes de six à dix filles. Après avoir fait
quelques tours de glace au son de la
musique, nous nous retrouvions dans un
cercle, au centre de la patinoire, pour nous
exercer aux premiers éléments de patinage.

J'avais rapidement appris à patiner autour d'un cercle en croisé avant, et à reculons.

— Bravo! disait Cloé pour nous encourager. Continuez comme cela!

Les premiers éléments de base me semblaient faciles. Plus solide sur mes patins, j'avais appris les petits sauts sans rotation ou à demi-rotation. J'avais du plaisir à exécuter des sauts de lapins, des trois, des sauts de valse, des demi-flips et des demi-Lutz. Les fins de semaine, je continuais à patiner avec papa sur le rond de glace du parc. J'étais heureuse de lui montrer mes progrès.

Au cours de la deuxième année, papa m'avait fabriqué un rond de glace personnel dans la cour arrière de la maison. Avec des seaux d'eau, il avait créé de petits sentiers avec des bosses et des monticules pour augmenter mon habileté à me tenir debout. Après l'école, je me retrouvais donc sur ma patinoire avec Eidie et Sophie, mes voisines. Nous avions tellement de plaisir!

— Celle de nous trois qui se tiendra debout sans tomber aura droit à un dessert confectionné par ma mère ; ce sont les meilleurs en ville !

— Regarde-moi bien, Julianne ! Tu peux dire à ta mère de sortir une assiette de plus. C'est moi qui serai la meilleure !

Nous nous amusions tellement à patiner sous les flocons de neige fraîche semblable à une poussière de fée, que nous oubliions de rentrer pour souper.

Je continuais de travailler et je m'améliorais constamment. Je me souviens du premier saut d'un tour de rotation que j'ai appris : le salchow. Je le trouvais facile et très excitant. Comme avec le saut de valse, j'avais l'impression de m'envoler dans les airs. C'est à partir de ce moment-là que papa a commencé à m'appeler sa petite fée volante. Il disait que j'avais des ailes et que j'atterrissais doucement sur une carre, comme le ferait un oiseau.

La fierté que je lisais dans ses yeux me donnait le goût de continuer et de m'améliorer. J'ai ensuite appris ma première pirouette debout. Je trouvais cet élément de base plus difficile, mais je l'ai réussi après beaucoup d'entraînement. Cette pirouette debout s'était bientôt transformée en pirouette cambrée, puis en pirouette arabesque et en pirouette assise.

Après chaque session, mon plaisir était de rapporter un nouvel écusson à la maison, démontrant mes progrès. Maman en était fière et me félicitait. Elle les cousait sur un tissu bleu en forme de cœur qu'elle épinglait sur l'un des murs de ma chambre.

L'aréna n'étant pas chauffé, il m'arrivait souvent d'avoir les pieds et les mains gelés. Mais je ne m'en plaignais pas. J'avais la chance d'exercer un sport que j'adorais, et le bonheur d'avoir beaucoup d'amies.

Puis, un jour, ayant obtenu mes vingt écussons d'apprentissage, j'ai dû passer mon premier test préliminaire de style libre. Je maîtrisais alors plusieurs sauts comme le salchow, la boucle, le flip, la boucle piquée, le Lutz et les pirouettes assises.

Un juge de la région avait été invité pour l'occasion. Nous étions onze filles du même âge; j'étais la plus grande. Maman m'avait confectionné une jolie robe verte décorée de petites fleurs en paillettes d'argent. J'avais verni et poli mes patins d'un beau blanc brillant. Je débordais de joie! Me trouver toute seule devant un juge pour la première fois m'avait beaucoup impressionnée. Même si je me sentais prête, j'étais très nerveuse.

Le juge nous avait rassemblées sur le bord de la bande et nous avait donné ses conseils. Il était très gentil. Il nous avait invitées à nous détendre et à prendre notre temps pour exécuter chaque élément. J'avais attendu mon tour avec impatience. Je passais la sixième. Le juge m'avait fait venir près de lui et m'avait fait un grand sourire.

— Bonjour, Julianne, m'avait-il dit gentiment. Tu n'es pas trop nerveuse?

— Un petit peu, lui avais-je répondu timidement.

— Tu n'as pas à t'en faire, Julianne, m'avait-il dit pour me rassurer. Tu verras, tout ira bien. Détends-toi et prends de grandes respirations. Oui. Comme ça. C'est bien. Es-tu prête?

— Oui.

— Commençons.

Monsieur le juge m'avait alors dit de faire le tour de la glace, d'abord lentement, puis à plus grande vitesse. Il m'avait ensuite fait patiner autour d'un cercle en avant et à reculons pour voir si je maîtrisais bien mes croisés. Les sauts et les pirouettes avaient suivi. Après chaque saut, le juge me disait : « Très bien, Julianne. Tu vois comme c'est facile. Continue. Tout va bien. »

Nous avions toutes passé notre premier vrai test de patinage, à la grande joie de nos parents qui nous observaient avec attention, bien assis dans les estrades.

4

Les cahots du chemin et la voix de la mère de la patineuse sortent celle-ci de sa rêverie.

— Julianne, nous nous arrêtons dans une aire de service. Je dois aller aux toilettes, et nous en profiterons pour manger une bouchée au restaurant.

Quelle n'est pas sa surprise d'y rencontrer deux des dix-huit filles qui se rendent à la compétition. Julianne les connaît de longue date, puisqu'elle a rivalisé avec elles aux Jeux du Québec. Elle avale sa collation en vitesse et se hâte d'aller les rejoindre.

— Zoé! Andréanne! Je suis si contente de vous revoir!

— Salut, Julianne! répondent-elles en chœur.

— Ma nouvelle chorégraphie est absolument renversante, j'y ai tellement travaillé. Et toi, Julianne, je soupçonne que tu nous mijotes aussi quelques surprises?

— Bien sûr! Zoé. J'ai hâte de vous montrer ça! J'ai surtout travaillé mes sauts au club de patinage. Mais, je ne veux pas tout vous dévoiler. Tu pourras sans doute me voir quand je passerai...

Les jeunes filles babillent joyeusement devant la table, oubliant même de se déplacer pour laisser entrer les nouveaux clients.

En patinage, les compétitions permettent souvent de tisser de grandes amitiés entre ces patineuses venant de différentes régions du Québec. Plusieurs d'entre elles deviennent même des amies pour la vie. Les trois filles se racontent donc avec enthousiasme leurs succès et leurs défaites; elles conversent longuement et bruyamment. Enfin, Julianne leur dit au revoir avant de retourner trouver sa mère.

— Je ne les ai pas vues depuis plus d'un an, lui explique-t-elle en souriant. Elles sont vraiment gentilles. Zoé vient de la Côte-Nord. Elle est particulièrement douée pour les sauts. Andréanne, elle, vient de Laval. Elle présente des programmes plus nuancés sur le plan artistique. Je devrai me surpasser pour les devancer.

— Leurs parents sont sympathiques aussi, d'ajouter la mère en les regardant sortir du restaurant.

— As-tu discuté avec eux ? s'enquiert Julianne.

— Bien sûr ! Nous aimons beaucoup échanger entre nous lors des compétitions. D'ailleurs, je me suis fait un grand nombre d'amies depuis ta première présence aux Jeux du Québec. Tu te rappelles sûrement de ce jour : tu étais tellement fière de représenter ton club et ta région.

— Oh, oui ! Je m'en souviens comme si c'était hier... Une grosse tempête faisait rage. Avant d'arriver à Saint-Anne-des-Monts, le moteur de l'auto avait rendu l'âme. De la fumée noire sortait du capot. Nous avions tous peur, et il faisait si froid !

— Nous étions enveloppées dans une couverture de laine, figées dans l'auto, pendant que ton père allait chercher de l'aide, ajoute sa mère en riant et en faisant signe à la jeune serveuse d'approcher.

— Pourrais-je avoir un autre thé, s'il vous plaît ?

— Tout de suite, madame.

— Heureusement, reprend sa mère, une camionnette s'est arrêtée et nous a amenées à notre hôtel, pendant que ton père faisait remorquer la voiture au garage.

— Tout le monde en parlait à l'hôtel. Nous étions si inquiètes pour papa. Il est revenu très tard dans la nuit. La réparation lui avait coûté beaucoup de sous. Il était contrarié en raison de ma compétition. Et je n'arrêtais pas de pleurer! Tu te souviens, maman? J'avais oublié ma robe et mes patins dans l'auto!

— Bien sûr, ma puce. Ton père avait une peur bleue que cet incident nuise à ta concentration et t'empêche de briller.

— Mais malgré tout, je suis sortie vainqueur de cette première compétition.

— Ce qui t'a permis de participer à la finale des Jeux du Québec à Thetford Mines.

Julianne se remémore cet événement en esquissant un sourire du bout des lèvres.

— Julianne, ma puce, tu es dans la lune, on dirait.

La jeune patineuse secoue la tête. Sa maman a déjà remis son manteau et se tient près de la porte du restaurant.

— Viens, nous partons.

— J'arrive !

En prenant elle aussi son manteau, Julianne ne peut s'empêcher de repenser jusqu'à quel point elle était excitée lors de son départ pour la finale avec son père, la semaine après sa victoire...

C'était mon premier long voyage, se souvient-elle. Et quelle aventure ! Il nous a fallu cinq heures de route pour y arriver, papa et moi. Nous ne connaissions personne. Nous nous sommes couchés sur des lits de camp dans une salle de classe d'une école. Il y avait eu du va-et-vient et du bruit toute la nuit. J'avais mal dormi. Je m'étais réveillée fatiguée.

Le lendemain, nous nous sommes retrouvés à l'aréna. Comme un bon entraîneur, papa m'a aidée à bien lacer mes patins. Puis, quand le tour de mon groupe est arrivé, j'ai entrepris ma période d'échauffement sous sa direction.

J'étais impressionnée de voir tant de monde dans les estrades, ça me rendait très nerveuse. Papa m'a encouragée à oublier la foule et à me concentrer sur ma performance. Ce que je me suis efforcée de faire. J'ai terminé quatrième sur le groupe de douze. J'étais fière, et papa aussi.

— À quoi rêvasses-tu donc ainsi, Julianne? demande la mère en marchant dans le stationnement, alors qu'elle tient bien son capuchon pour se protéger du froid.

Elle voit bien que sa fille est perdue dans ses pensées, et elle se demande si elle n'est pas un peu soucieuse pour sa compétition, qui aura lieu dans quelques jours.

— Je repensais à la finale de Thetford Mines, répond la patineuse.

— Ah oui!

— C'est à partir de ce moment-là que j'ai attrapé le virus des compétitions, dit Julianne en riant. Te rappelles-tu? Je ne voulais plus en manquer une! Tour à tour, j'ai participé aux invitations de Georges-Éthier à Granby, aux Jeux d'été à Charlesbourg, aux jeux de Lac-Placide et à tant d'autres!

— Oui. Et pour réussir, tu t'exerçais des heures et des heures durant tes sessions d'été à Pointe-Claire et aux 4 Glaces de Brossard, remarque sa mère. Je te trouvais très courageuse.

— C'est vrai... Je passais presque toutes mes vacances dans les arénas. Je ne voyais pas passer mes étés. J'avais un vrai entraîneur qui ne me laissait aucun répit. Il m'a fait travailler dur, tu peux me croire ! Le soir, je mettais des sacs de glace sur mes blessures, puis je recommençais le lendemain, plus déterminée que jamais.

« Mes pirouettes se sont améliorées depuis. Jour après jour, elles devenaient plus rapides et plus centrées, et j'arrivais à toutes les combiner. Les doubles sauts m'ont donné du fil à retordre. Surtout le double flip. Je tombais souvent sur mes fesses, et elles devenaient si sensibles que j'avais de la misère à m'asseoir dessus. Je réussissais mon axel à merveille. Mon entraîneur choisissait la musique de mes programmes et préparait la chorégraphie de mes solos. »

— Tu étais si excitée et si nerveuse quand arrivait le temps de passer tes tests, se rappelle la maman en souriant. Chaque niveau te demandait plus d'efforts. Tu as d'abord achevé le junior bronze, puis le sénior bronze. L'année d'après, tu réussissais ton junior argent et ton test or. Tu n'avais que onze ans à l'époque, et tu sautais de joie. Nous avions fêté ton succès dans un restaurant chic avec deux de tes amies, qui avaient elles aussi réussi ces mêmes tests. Et depuis, tu es devenue notre petite championne. Allez! fait-elle pour conclure en ouvrant la porte de la voiture. Il faut partir, maintenant, si nous voulons arriver. Nous avons encore une longue route à faire.

5

Julianne se recroqueville sur le siège arrière et s'endort. Un arrêt soudain la fait sursauter. Un embouteillage monstre empêche la voiture d'avancer. La jeune fille sort sa tête par la fenêtre, mais ne voit pas la cause de cette congestion soudaine. Elle va s'installer sur la banquette avant.

— Sais-tu pourquoi toutes les voitures sont arrêtées, maman? demande-t-elle, inquiète.

— Il s'agit sûrement d'un accident. Mais je n'en suis pas certaine.

La jeune fille tend à nouveau le cou, en vain. La file d'autos s'allonge bien loin devant.

— Penses-tu que nous arriverons à temps pour notre réservation à l'hôtel? Ils nous ont dit d'arriver avant six heures...

— Ne t'en fais pas. Nous ne serons pas retardées à ce point. Le trafic sera sans doute bientôt moins dense, tu verras.

Peu rassurée, mais impuissante, Julianne incline le siège, sort son baladeur MP3 et ferme les yeux. Alors qu'elle écoute sa musique, la patineuse pense soudainement à son papa. Il est en réunion avec sa compagnie à Montréal. Il lui a toutefois promis qu'il assisterait à sa compétition provinciale, ne voulant sous aucun prétexte manquer la performance de sa fée volante sur la grande glace à Sherbrooke. Son père y est pour beaucoup dans sa persévérance et ses succès. C'est lui qui l'a aidée à réussir son test novice et qui l'a encouragée à participer à toutes ces compétitions.

***

En fait, l'année suivant sa victoire à la finale de Thetford Mines n'avait pas été aussi réjouissante. Après plusieurs défaites, Julianne était découragée. Elle voulait tout abandonner. Ses six dernières compétitions avaient été désastreuses, en particulier celle des Jeux du Québec. Elle n'avait pas réussi à se classer dans les dix premières de son groupe. Elle était déçue de ne pas avoir bien représenté son club et sa région, et elle avait peur de devenir la risée de son groupe. Les patineuses du club qui la jalousaient se réjouiraient de ses échecs et saisiraient toutes les occasions pour les lui rappeler. Elle se sentait très malheureuse. Elle avait déclaré à ses parents que c'était terminé pour elle.

Lors de chaque compétition, le père de Julianne s'assoyait loin dans les estrades et regardait sa fille patiner. Après ses programmes, la petite patineuse s'empressait d'aller le rejoindre. Peu importe ses performances, il la félicitait et l'encourageait en la serrant dans ses bras.

Mais cette fois, sur le chemin du retour, Julianne avait pleuré toutes les larmes de son corps. Elle avait les yeux rouges et bouffis. Silencieuse, blottie sur la banquette arrière, elle avait du mal à surmonter cet échec. Elle revoyait sa combinaison minable de boucles et de boucles piquées manquées, puis son jeu de pieds affreux au cours duquel elle s'était accrochée dans ses patins. Elle s'en voulait à en mourir!

Sa maman, elle, était restée triste et silencieuse aussi. Elle aurait tant voulu que sa Julianne remporte une autre médaille, pour son honneur et celui de son club. Elle avait gardé le silence, cependant, remettant à plus tard ses commentaires et ses mots d'encouragement. Mais au fond d'elle-même, la mère ne croyait pas que sa fille cesserait de patiner. Il s'agissait d'une décision prise sur un coup de tête, ce qu'elle faisait souvent après un échec cuisant.

Les parents de Julianne savaient que leur fille adorait patiner. Le matin de ses entraînements, elle était toujours la première levée et habillée pour se faire conduire à l'aréna. Elle avait des copines merveilleuses qui l'admiraient et la rendaient heureuse. Lors des cours d'été, elle débordait de joie à l'idée de revoir ses amies des autres régions. Après l'école, aller patiner, c'était sa plus grande satisfaction. Et, aux spectacles de fin d'année, elle décrochait toujours de beaux rôles dans les chorégraphies.

Après quelques semaines de repos, Julianne retrouva sa joie de vivre, et vaqua normalement à ses occupations scolaires.

Cependant, cette fois, elle ne retourna pas aux séances de patinage. Julianne hésitait à reprendre l'entraînement pour terminer son test novice, lequel était obligatoire pour continuer à compétitionner. Mais pour cela, il lui fallait réussir, à tout prix, son double Lutz, qu'elle terminait toujours sur le derrière, près de la bande. Elle n'avait plus la motivation ni l'envie d'y mettre autant d'efforts. Elle s'entêtait donc à ne plus patiner; aussi était-elle trop orgueilleuse pour en discuter avec ses parents.

6

Un soir, alors que la maman de Julianne était sortie avec son cercle d'amies, le papa de la patineuse vint dans la chambre de sa fille et s'assit sur son lit. Elle faisait son devoir de mathématiques, mais elle ne parvenait pas à se concentrer. En revenant de l'école, Eidie et Sophie lui avaient demandé pourquoi elle ne reprenait pas l'entraînement. Cela la tracassait.

Son père regarda silencieusement les affiches des grandes patineuses dont sa fille avait tapissé ses murs. Il y avait celui de Joannie Rochette et d'Alissa Czisny, ses deux étoiles préférées. À côté d'elles se trouvaient les affiches de Patrick Chan, de Tessa Virtue et de son partenaire, Scott Moir, et celle de Cynthia Phaneuf. Mais son affiche favorite, celle qui était placée en face de son bureau, au-dessus de sa tête, était celle représentant le podium des trois championnes olympiques de Vancouver en 2010. Son idole, Joannie Rochette, s'y tenait dans toute sa splendeur, à côté de la médaillée d'or, Kim Yu-Na de la Corée du Sud et de Mao Asada du Japon, la médaillée d'argent. Les trois semblaient regarder Julianne pendant qu'elle faisait ses devoirs. Elles l'inspiraient.

Le père observa tendrement sa fille et lui fit signe de venir s'asseoir près de lui sur le lit.

— Julianne, fit-il pour commencer de sa voix toujours douce, je sais que tu as vécu des échecs, et que tes dernières compétitions n'ont pas été faciles. Tu es consciente, aussi, que plus tu avanceras dans le patinage de compétition, plus la tâche deviendra difficile. Tu le sais, n'est-ce pas ? De bonnes patineuses arrivent de toute part chaque année, et le niveau de performance augmente toujours. Regarde tes médailles sur tes murs et tes trophées du club. Combien en as-tu, Julianne ?

— Vingt-deux.

— Et comment les as-tu gagnées ?

— En patinant bien, après plusieurs séances d'entraînement, longues et difficiles.

— J'ai souvent assisté à tes entraînements, Julianne. Tu t'y es toujours donnée avec cœur, et de façon courageuse. Tu tombais ; tu te relevais. Tu as eu deux tendinites sérieuses et tu t'en es remarquablement bien sortie. Tes coudes t'ont fait beaucoup souffrir aussi, je le sais. Et cela ne t'a jamais empêchée de continuer à t'entraîner. Regarde tes médailles et tes trophées. N'en es-tu pas fière ? Ne récompensent-ils pas le fruit de tes efforts ?

La jeune fille reste silencieuse.

— De plus, je sais que depuis que tu as chaussé des patins pour la première fois, patiner, c'est ce qu'il y a de plus merveilleux dans ta vie après l'école. Juste en te voyant évoluer sur la glace avec ton élégance et ton éternel sourire, je sais que tu adores ce sport. Tes amies, à l'école, t'admirent ; les petites filles que tu entraînes les mardis et les jeudis soirs sont fascinées par tes exploits et ta joie de vivre. Même ton club ne cesse de te combler d'honneurs.

Depuis qu'elle refusait de patiner, Julianne se rongeait les ongles et tournait en rond dans la maison, comme si elle ne savait plus comment occuper ses temps libres.

— Je sens que le patinage te manque. N'est-ce pas vrai ? Tu sais, Julianne, lui confia encore son papa en lui prenant la main et en la fixant dans les yeux, tu seras toujours ma petite fée volante, quel que soit ton choix. Mais, avant que tu prennes une décision que tu pourrais regretter, Julianne, je vais te raconter une belle histoire...

7

Julianne s'installa confortablement sur son lit. Elle plaça deux oreillers derrière elle et attendit la suite.

— Il y a de cela très, très longtemps, l'Écosse se trouvait sous l'emprise des Anglais. Les Écossais ne se sentaient pas libres du tout et se croyaient traités comme des esclaves. Ils commencèrent donc à lutter pour leur indépendance. Leur chef se nommait Robert Bruce.

— Un jour, Bruce rassembla les prélats et les nobles qui le soutenaient dans sa lutte pour l'indépendance et se couronna lui-même roi des Écossais. Il forma alors une grande armée et partit en guerre contre les Anglais afin de libérer son royaume. Après sa sixième défaite militaire, il fut expulsé de l'Écosse britannique et déclaré hors-la-loi.

— Ainsi déchu, le roi de l'Écosse prit la fuite. Ses ennemis le pourchassaient sans relâche. Six fois, il les avait rencontrés sur le champ de bataille, et six fois, il avait été vaincu. Il était découragé et avait perdu tout espoir. Il pensa alors s'enfuir en dehors de son pays, le laissant aux mains de ses ennemis.

— Bruce se réfugia dans la vieille cabane d'un bûcheron, au cœur d'une forêt dense. L'âme remplie de tristesse, il s'étendit sur un tas de paille pour se reposer et dormir. Pendant qu'il réfléchissait à ce qu'il devait faire, il aperçut une araignée qui tissait sa toile au-dessus de sa tête. L'araignée essayait d'attacher son fil à une poutre, et ainsi tisser sa toile d'un bord à l'autre de la cabane. Il y avait une bonne distance entre les deux madriers, et Bruce vit comment la tâche était difficile. *Elle n'y parviendra jamais,* pensa le roi. La petite araignée essaya une fois. Sans succès. Elle essaya une deuxième fois. De nouveau, sans succès. Le roi compta chaque essai. Elle avait tenté six fois d'attacher sa toile, et chaque fois, elle avait échoué. Il la trouva stupide.

Tu es comme moi, pensa le roi. *J'ai mené six batailles et j'ai perdu. Toi, tu as essayé six fois d'atteindre la poutre et tu n'as pas réussi.*

— Alors, le roi, étendu sur la paille, s'écria en regardant l'arachnide : "Je vais remettre mon sort entre tes mains, petite araignée. Si tu essaies une septième fois et que tu ne réussis pas, ce sera fini pour moi. Mais si tu réussis, je rassemblerai mes hommes à nouveau pour une autre bataille."

— Peux-tu imaginer ce qui arriva par la suite, Julianne ? La petite créature que Bruce observait avec attention se balança une septième fois en se laissant suspendre à son fil aussi fin qu'un cheveu. Son corps oscilla, à plusieurs reprises, de plus en plus haut, quand... hop ! Ses pattes agrippèrent enfin la poutre. « Tu as réussi ! » cria le roi, tout surpris et rempli d'admiration. « Ton fil rejoint les deux poutres ! Petite araignée, si tu as pu y arriver, je le peux aussi. »

— Robert Bruce se leva de son lit de paille, plein de force et de courage. Il envoya ses hommes de village en village, les conjurant de prendre les armes. Les braves soldats répondirent à son appel et vinrent en grand nombre.

« Son armée était donc prête pour se battre contre les Anglais. Le roi conduisit son armée dans de grandes batailles contre l'ennemi, et cette fois, comme l'araignée, il triompha, et mena ses troupes à la victoire. Robert Bruce assura ainsi l'indépendance de son pays. L'Écosse était enfin libérée des Anglais.

— Tu vois, petite fée volante, il ne faut jamais abandonner, lui répéta son papa avec tendresse. Et cela, quelles que soient les difficultés. Toi aussi tu peux y arriver. Tu le réussiras, ton double Lutz, j'en suis certain ! Réfléchis bien. Peu importe ta décision, Julianne, nous serons toujours à tes côtés pour t'appuyer et t'aider. Tu sais bien que tu es notre fille chérie, toujours éblouissante de beauté. Ta maman et moi t'adorons, et nous ferons toujours tout ce que nous pouvons pour te rendre heureuse. Tu as tout le temps que tu désires pour y penser, Julianne. Quand ta décision sera prise, viens nous en faire part. Cela te va, ma grande ?

— Oui, papa. Moi aussi, je vous aime.

Le père serra sa fille dans ses bras et referma la porte derrière lui. L'histoire du roi d'Écosse fit réfléchir la jeune patineuse.

Elle referma ses livres, s'étendit sur son lit et contempla longuement ses médailles et ses trophées. Puis, ses yeux se posèrent sur ses affiches. Ces champions olympiques qu'elle admirait tant avaient réussi, eux aussi, après plusieurs échecs. Le front plissé par les mille et une idées se bousculant dans sa tête, Julianne s'enroula dans ses couvertures et s'endormit.

8

Le lendemain, lorsque la jeune fille se leva, elle avait déjà décidé de continuer à patiner. Inspirée par l'histoire de Bruce, elle venait de faire un beau rêve. Elle se trouvait sur la glace en compagnie de Joannie Rochette. Julianne la tenait par la main, et toutes les deux patinaient, seules sur une grande glace.

Puis, tout à coup, Joannie s'était tournée vers elle, l'avait regardée dans les yeux et lui avait souri tendrement. Ses yeux brillaient.

— Il faudrait que tu changes ta chorégraphie, Julianne, lui dit-elle. Tu dois placer tes sauts à une plus grande distance les uns des autres. Sinon, tu ne prendras jamais assez de vitesse pour exécuter tes sauts. Demande à ton entraîneur d'améliorer aussi ton jeu de pieds en ajoutant plus d'éléments difficiles à ta chorégraphie.

— Tu as de la difficulté à réussir ton double Lutz, n'est-ce pas? Regarde-moi bien. Tu dois prendre de la vitesse, puis te tourner soudainement afin de patiner à reculons. Tu lèves un bras, ensuite tu te positionnes sur la carre droite extérieure de ton pied droit et, de l'autre pied, tu piques en t'élançant comme si tu voulais t'envoler. Répète-le des dizaines et des dizaines de fois. Ne te décourage jamais. Tu réussiras.

Joannie serra Julianne dans ses bras et disparut de son rêve.

En s'habillant, la jeune fille regarda l'affiche de Joannie sur son mur. Elle se souvint alors jusqu'à quel point la patineuse avait été courageuse lors des Jeux olympiques de Vancouver. Julianne l'avait regardée à la télévision avec ses parents. La patineuse avait été frappée par le deuil brutal de sa mère, décédée d'une crise cardiaque alors qu'elle venait à peine d'arriver dans la ville olympique.

Deux jours plus tard, le visage tendu, Joannie s'était élancée sur la glace pour réaliser son programme court. Elle avait réussi à se concentrer et à exécuter sa chorégraphie sans tomber. Elle avait ensuite fondu en larmes sous les ovations du public. Elle s'était classée troisième.

Deux jours plus tard, elle avait répété son exploit en décrochant la médaille de bronze. Julianne était si fière de la patineuse québécoise. Elle en avait pleuré de joie. Mais c'est à partir du jour où Joannie avait remporté le championnat canadien pour la cinquième fois que celle-ci était devenue son idole. Joannie faisait rêver Julianne, et son courage l'incitait à travailler plus fort. Or, cet exploit olympique surpassait tout ce qu'elle avait pu admirer jusqu'à maintenant. Il l'avait fascinée... et lui avait donné des ailes !

Julianne remercia intérieurement la médaillée olympique. Son regard glissa sur Kim et Mao, qui semblaient elles aussi lui sourire, et quitta sa chambre. En entrant dans la salle à manger, le cœur gonflé de joie, elle sauta dans les bras de son papa. Elle le remercia pour son histoire et lui demanda de la conduire à l'aréna.

***

L'auto se dégage lentement du trafic. Julianne sourit de contentement.

Et maintenant, se dit-elle en sortant de ses souvenirs, *me voilà en route vers la grande compétition qui me mènera peut-être aux championnats canadiens!*

9

L'embouteillage terminé et la route libérée, Julianne et sa maman continuent leur chemin et arrivent à l'hôtel réservé aux compétitrices avant la tombée de la nuit.

Une certaine activité règne dans les corridors de l'hôtel. Julianne veut garder toute sa concentration et ne quitte sa chambre que pour souper. Elle sort de sa valise, la pochette d'information sur les séances d'entraînement et en vérifie l'horaire. La première se déroulera très tôt le lendemain, et la deuxième, deux jours après, dans l'après-midi. Fatiguée de son long voyage, la jeune fille se laisse tomber sur son lit et s'endort aussitôt.

Sa première séance la remplit d'énergie. Louise, son entraîneuse, la félicite. Elle est fière d'elle et espère bien que la jeune fille participera aux championnats canadiens. Louise mise sur la vitesse de Julianne, sur la netteté de ses atterrissages et sur ses combinaisons de pirouettes très artistiques.

De retour à l'hôtel, la patineuse prend une douche rafraîchissante et descend pour le déjeuner. Elle aperçoit alors Zoé, l'une des deux filles qu'elle a rencontrées sur la route, et toutes deux se détendent en se promenant un peu autour de l'hôtel. L'après-midi, elles font une courte saucette dans la piscine et passent un long moment dans le hall de l'hôtel à parler de musique.

Le lendemain après-midi, Julianne rencontre Andréanne à l'aréna. Elles échangent quelques mots amicaux, puis entament leur entraînement. Louise fait répéter sa routine à Julianne, qui réussit à merveille ses pirouettes et exécute ses doubles Lutz sans tricher sur ses carres de départ. Elle n'atterrit sur le derrière qu'une seule fois à la suite d'un double Axel. Julianne sort de son entraînement le sourire aux lèvres. Elle se sent pleine d'énergie et prête pour la plus grosse épreuve de sa vie !

Après le souper, toutes les patineuses se regroupent dans une salle de l'aréna. C'est le tirage de l'ordre de départ des compétitrices. Un juge tient en main une pochette dans laquelle se trouvent dix-huit jetons numérotés. Un autre juge tient une pochette contenant les noms des patineuses. Quant au troisième juge, il tire au sort les noms des patineuses devant venir choisir un jeton numéroté qui indiquera leur ordre de départ.

Le nom de Julianne sort le douzième. Elle pige son jeton. À sa grande joie, il porte le numéro seize. Elle sera donc la quatrième du dernier groupe de six patineuses à sauter sur la glace. Elle trépigne de joie. Passer presque la dernière lui permettra de bien se calmer et l'aidera à se concentrer. Zoé est moins chanceuse. Elle se retrouve deuxième du premier groupe. Andréanne, elle, est satisfaite. Elle sera la dernière du deuxième groupe.

De retour à l'hôtel, Julianne reçoit un appel de son papa. Elle se précipite sur le combiné.

— Comment vas-tu, ma petite fée volante? Avez-vous fait bonne route? Quand patines-tu?

— Je vais bien, papa. Je suis tout excitée! J'ai fait deux belles séances d'entraînement. Louise est contente de ma routine. J'ai repéré les endroits sur la patinoire où exécuter mes sauts et mes pirouettes. C'est une grande patinoire, tu sais. Je suis prête, papa. Dis, tu viendras demain comme tu me l'as promis, n'est-ce pas ? Je fais partie du troisième groupe et je suis la quatrième à sauter sur la glace. La compétition débute à deux heures. Puisque je suis la seizième, ce sera mon tour vers trois heures ou trois heures et demie.

— Bien sûr que j'y serai, ma petite fée volante.

— Papa, ajoute-t-elle sur un ton plus suppliant, je veux absolument te voir dans les estrades à côté de maman à mon entrée sur la glace. Tu sais que ta présence m'inspire tout le temps et me donne des ailes. Je te promets d'être une vraie fée volante pour toi. Je ferai mon programme pour toi. Je t'aime, papa.

— Oui, j'y serai, comme promis. Ne t'inquiète pas, ma petite fée, tu sais bien que je ne veux pas manquer ta prestation pour tout l'or du monde. Tu seras la plus merveilleuse de toutes les patineuses à voir sur cette glace. Tu dois te reposer maintenant. Dors bien et fais le plus beau des rêves. Passe-moi maman, s'il te plaît.

Julianne ne peut contenir son enthousiasme. Tout est en place pour qu'elle réussisse. Elle s'assoit sur son lit et sort la photo de Joannie qu'elle transporte toujours dans son sac à main. Elle fixe intensément la médaillée olympique dans les yeux.

— Je patinerai pour toi aussi, Joannie. Je me suis souvenue de tes conseils, et j'ai amélioré mon programme. Je maîtrise maintenant mon double Lutz sans tricher. En plus, j'ai une belle surprise pour toi et pour les juges. Un beau double Axel suivi d'une double boucle piquée. Puis, tu devrais voir ma robe! Elle est tellement jolie! J'ai demandé à maman de la fabriquer dans le même style et de la même couleur que celle que tu portais quand tu as décroché ta belle médaille d'argent aux olympiques de Vancouver. Tu es toujours mon étoile préférée qui brille dans le ciel de mon cœur. Mes patins glisseront sur tes lames d'argent.

Julianne porte la photo à ses lèvres et la dépose sous son oreiller. Elle s'enroule ensuite dans ses couvertures et s'endort.

10

Le lendemain, Louise vient rejoindre Julianne à l'hôtel. Elle vérifie les lacets et les lames des patins de sa protégée, puis elle lui fait faire ses exercices d'étirement de routine. Elle l'amène se promener autour de l'hôtel pour l'aider à se détendre, révise avec elle son programme et lui donne ses dernières recommandations.

— Écoute ta musique, Julianne, et visionne bien dans ta tête le moment où tu dois exécuter tes sauts, tes pirouettes et ton jeu de pied, lui conseille-t-elle. Je sais que tu veux surprendre les juges avec ta combinaison de double Axel et de double boucle piquée que personne ne fait. C'est le premier saut de ton programme, et tu dois l'exécuter avec célérité, les mains bien croisées et le menton haut. Mais si tu ne te sens pas en confiance ou si tu penses manquer de vitesse, ne le fais pas. Il est préférable, pour toi, d'atterrir parfaitement à la suite de ton double Axel plutôt que de gâcher ton programme. Dans le vestiaire, n'écoute que la musique de ton programme. Ne te soucie ni des autres patineuses ni des cris de la foule, et reste calme et détendue. Entre sur la glace déterminée et confiante. Tout se passera bien. Aborde cette performance comme s'il s'agissait de ta routine quotidienne. Avec la perfection de ton programme et ton sourire radieux, tu vas conquérir la foule et les juges, ajoute-t-elle en lui pinçant la joue.

Après le dîner, aidée de sa maman, Julianne se vêt de sa jolie robe bleue, décorée de paillettes d'argent. Elle met ensuite ses collants transparents neufs. Sa maman la maquille et lui tresse ses longs cheveux qu'elle enroule solidement sur sa tête. Julianne se regarde dans le miroir. Elle s'admire et sourit. Puis, enfilant son parka, elle prend sa petite valise sur roulettes et, décidée, part avec sa maman afin de réaliser son rêve.

11

L'aréna est bondé. Déjà, le premier groupe des dix-huit patineuses se réchauffe sur la glace. L'atmosphère est survoltée. Julianne embrasse sa maman, et Louise amène sa protégée dans le vestiaire attitré à son groupe. La patineuse commence ses étirements et se promène dans le corridor en écoutant la musique de son programme.

Le moment tant attendu arrive enfin. Le troisième groupe est appelé sur la glace pour l'échauffement. Julianne chausse ses patins et, avant de quitter le vestiaire, sort la photo de Joannie pour l'embrasser. Elle saute ensuite sur la glace et entreprend sa routine sous les encouragements de sa maman. En mettant ses couvre-lames, au sortir de la patinoire, elle jette un regard vers les estrades pour voir si son papa est arrivé. Il y a tellement de monde qu'il est difficile pour elle de l'apercevoir. Confiante malgré tout, elle retourne au vestiaire et se concentre sur son programme.

La maman de Julianne s'inquiète. Son mari tarde à arriver. Elle lui a pourtant bien dit de la rejoindre dans la cinquième rangée de sièges du côté droit de la patinoire, face à l'entrée des patineuses...

12

Le père de Julianne quitte la salle où a eu lieu sa réunion vers les onze heures et prend le temps de dîner. Il part vers midi pour Sherbrooke. Il a neigé quelque peu, et la chaussée est glissante.

À la hauteur de Bromont, la circulation se fait au ralenti, avant de s'arrêter complètement. L'homme commence à s'inquiéter. Un demi-kilomètre plus loin, il peut apercevoir les autos de police et même une ambulance.

Il s'impatiente. Les minutes s'écoulent, et le trafic est toujours bloqué. Il sort son cellulaire et essaie de joindre sa femme à l'aréna. En vain. Pas de réponse.

Il est presque deux heures et demie quand il peut enfin reprendre son chemin. Impossible pour lui d'augmenter sa vitesse à cause des mauvaises conditions de la route. En arrivant à Sherbrooke, il ne veut pas perdre de temps à chercher l'aréna. Il stationne son auto dans une station-service et saute dans une voiture taxi dont le conducteur est en train de faire le plein.

— Faites vite, monsieur, demande-t-il à l'homme. Ma fille compétitionne à trois heures, et je ne sais pas où se trouve l'aréna. Il ne reste que dix minutes. Pouvez-vous m'y conduire rapidement, s'il vous plaît ? Je vous en serais très reconnaissant.

— Avec plaisir, monsieur. Ne craignez rien, répond l'homme pour le rassurer. Vous y serez dans cinq minutes. Je connais la ville et tous les raccourcis par cœur. Attachez votre ceinture !

Le père de Julianne donne un généreux pourboire au chauffeur de taxi et entre en courant dans l'aréna. Il est nerveux. Il craint d'avoir manqué le programme de sa fille. Un bruit assourdissant parvient à ses oreilles. Il demande à un placier où se trouve la cinquième rangée face à l'entrée des patineuses. Celui-ci l'y conduit aussitôt. Sa femme pousse un soupir de soulagement. La troisième fille vient de terminer son programme et attend ses résultats. Le papa voit sa petite fée volante de l'autre côté, écoutant les dernières recommandations de son entraîneuse. Elle est prête à entrer sur la glace. L'homme se lève et agite les bras pour faire signe à sa fille. Louise l'aperçoit et donne un léger coup de coude à Julianne.

— Regarde, Julianne. Ton papa est là. Il est avec ta maman dans les estrades, de l'autre côté, dans la cinquième rangée.

— Oui, je le vois ! soupire-t-elle en souriant.

— Maintenant, Julianne, concentre-toi. Donne tout ce que tu as dans le ventre. Essaie ta combinaison d'axel seulement si tu es certaine de la réussir. N'oublie pas de te détendre et de sourire. Tout ira bien.

13

À l'appel de son nom, Julianne embrasse Louise et saute sur la glace. La foule est silencieuse. La jeune patineuse fait calmement le tour de la patinoire et se dirige élégamment vers le milieu de la glace. Elle prend sa position de départ : la pointe de son patin gauche vers le sol, les bras loin derrière elle, et la tête légèrement levée vers le haut. Elle attend que la musique commence.

Julianne a choisi la trame sonore d'une chanson d'Isabelle Boulay pour le début de son programme. Ce morceau est joyeux, rapide et rythmé.

Aux premières notes de musique, Julianne tourne légèrement sur son patin droit et s'élance. Elle fait plusieurs pas rapides, patine à reculons, puis s'élance à nouveau de front afin d'exécuter sa combinaison payante. Sa maman serre avec force la main de son mari et Louise, son entraîneuse, se croise les doigts. La foule retient son souffle. Julianne atteint le centre de la glace à pleine vitesse et s'élance dans les airs. Elle semble flotter tant sa poussée de départ a été forte. Elle fait deux révolutions et demie, touche la glace comme le ferait un oiseau sur une branche et enchaîne aussitôt sa double boucle piquée.

La foule, debout, se met à crier et à applaudir. Julianne est heureuse. Le pire est passé. Maintenant rassurée par cette belle prouesse, elle sait que le reste de son programme sera facile. Elle exécute alors une combinaison de double Lutz, suivie plus loin d'un double Salchow et d'une double boucle. Chaque atterrissage est accompagné d'applaudissements et de cris d'encouragement. Son papa est fier d'elle.

— C'est ma fille! C'est ma fille! répète-t-il aux gens autour de lui.

Julianne commence ensuite la partie lente de son programme. Elle a choisi un extrait de la musique du film *On Golden Pond*. Cette chanson l'inspire et la pousse à exprimer tout le sens artistique qui l'habite. Sa force, maintenant, se trouve dans ses pirouettes.

Elle entre dans sa première acrobatie
avec une arabesque sautée puis, changeant
de jambe, elle enchaîne avec la position
assise qu'elle termine en tournant comme
une toupie. Elle accomplit à nouveau un
tour de glace en y incluant trois séries de
doubles boucles piquées, de doubles
boucles et de doubles Salchow, suivies

d'une combinaison de doubles boucles qu'elle termine par trois combinaisons de pirouettes qui soulèvent la foule.

Elle se lance ensuite dans la dernière partie de son programme. Pour celle-ci, Julianne a choisi un extrait de la musique du *Barbier de Séville* de Rossini, que son père adore. Cette musique peut la propulser vers une finale à couper le souffle.

Elle exécute un demi-tour de la patinoire et entreprend son jeu de pieds très compliqué autour d'un cercle. Elle le termine en prenant de la vitesse. Sa dernière combinaison de double Lutz doit être impeccable. Elle s'élance à toute allure vers le bout de la patinoire, vire sur elle-même et, sur la carre extérieure de sa lame droite, pique avec l'autre pied pour se projeter dans les airs. Ce dernier atterrissage déclenche une série de vivats. C'était splendide!

Revenue au milieu de la glace, face aux juges, la patineuse se lance dans une série de combinaisons de pirouettes qu'elle termine en position debout. Elle prend tellement de vitesse qu'on a l'impression qu'elle ne pourra jamais s'arrêter. Julianne conclut son programme dans la même position qu'elle l'avait commencé.

La foule lui fait une ovation debout, et une pluie de toutous tombent sur la glace. Émue aux larmes, Julianne se courbe lentement en signe de salutation dans les quatre directions de la patinoire avant de se diriger en toute hâte vers l'endroit où ses parents sont assis. Ils descendent aussitôt et se penchent pour l'embrasser. Julianne s'étire du mieux qu'elle le peut et serre son papa par le cou.

— J'ai réussi, papa! J'ai réussi! J'ai fait un programme impeccable. Je ne suis pas tombée. Et je l'ai fait pour toi. Je t'aime, papa, lui dit-elle en pleurant de joie.

— Tu volais comme un oiseau sur la patinoire, petite fée volante! Ton programme parfait nous a fait verser des larmes d'émotion. Tu es si élégante sur la glace!

Julianne ramasse un gros toutou et l'une des fleurs qui jonchent la glace et se retire sur le banc d'honneur pour y attendre les résultats. Louise la serre dans ses bras.

— Tu as été parfaite, Julianne, lui dit-elle, l'air ravi. Je ne pouvais pas te demander plus. Tu as donné tout ce que tu avais dans le ventre.

Julianne ne peut contenir ses larmes. Jamais elle n'a été tant applaudie. Elle est à bout de souffle. Elle boit quelques gorgées d'eau, s'essuie le visage et serre le toutou contre son cœur. En attendant impatiemment les résultats, elle ferme les yeux et se dit : *J'ai tout fait pour toi aussi, Joannie. Merci. Tu m'as inspirée et guidée tout au long de mon programme. J'embrasse mon toutou, mais c'est toi que je serre contre mon cœur.*

14

L'attente est longue. Les micros s'ouvrent enfin, et les résultats sortent, clairs et nets.

Programme artistique : 5.8, 5.8, 5.8, 5.9, 5.8. Programme technique : 5.9, 5.9, 6.0, 5.9, 5.9.

Julianne saute de joie et se jette dans les bras de Louise. De chaudes larmes roulent sur les joues de la patineuse. Elle est stupéfaite. Elle a reçu une note parfaite d'un juge ! Elle prend ainsi la première position, avec 4.7 points d'avance. Julianne enfile ses couvre-lames et va rejoindre ses parents dans les estrades.

Elle jette un coup d'œil sur le grand tableau des résultats. Quelle n'est pas sa surprise d'y voir le nom de son amie Zoé en deuxième place.

— Maman, regarde ! Zoé est deuxième et Andréanne, septième. Tu te souviens ? Nous les avons rencontrées sur notre route à l'aire de service. J'espère qu'elles garderont leur position. Ce serait tellement génial de nous retrouver toutes les trois aux championnats canadiens !

Julianne se croise les doigts et observe attentivement les deux dernières patineuses. La première concurrente exécute un programme quasi parfait qui relaie Zoé à la troisième place, et Andréanne, à la huitième.

Quand la dernière fille saute sur la glace, Julianne devient nerveuse. Elle ne souhaite pas que celle-ci manque son programme, mais elle aimerait tellement qu'Andréanne garde sa huitième place ! Elle trépigne d'impatience. Les résultats apparaissent rapidement, et Andréanne demeure huitième. Julianne exulte. Elle court rencontrer son amie et la serre dans ses bras. Les deux compétitrices dansent de joie.

La cérémonie de remise des médailles se termine sous les applaudissements de la foule. Les parents de Julianne, collés l'un contre l'autre, les yeux brouillés, regardent avec fierté leur petite fée volante recevoir la récompense de ses longues années d'efforts et de sacrifices. *La médaille d'or, tant convoitée par toutes les patineuses et le bouquet de fleurs, Julianne les mérite,* pensent-ils.

Julianne embrasse la médaille qui pend à son cou, félicite Zoé, médaillée de bronze, et l'autre fille, médaillée d'argent, puis court rejoindre ses parents. Elle donne son bouquet de fleurs à sa maman et met sa médaille d'or autour du cou de son papa.

— Tiens, papa. C'est pour toi. Merci, papa et merci, maman ; merci pour tout ! Maintenant, ajoute-t-elle avec son éternel sourire, dans un mois, à nous les championnats canadiens !

Table des matières

Berthier Pearson

Berthier Pearson est né dans le petit village de Saint-Luc de Matane et habite toujours cette région. Après avoir enseigné au secondaire pendant plus de trente-cinq ans dans une école privée sur la Rive-Sud de Montréal, l'auteur prend maintenant le temps d'écrire. Il puise son inspiration dans ses lectures et ses nombreux voyages à l'étranger, mais il est surtout influencé par les confidences des élèves qu'il a côtoyés.

Hélène Meunier

Tout au long de son enfance, Hélène a une pas-
sion pour le dessin, ce qui l'incite à faire son DEC en
Arts Plastiques au cégep de St-Jean-sur-Richelieu
pour ensuite compléter un bac en « Graphic Design »
à l'Université Concordia. En sortant de l'école, elle
se retrouve, tout à fait par hasard, à travailler dans le
milieu de l'édition. Elle y restera 13 ans à faire toutes
sortes de beaux projets autant en graphisme qu'en
illustration. La vie lui donne deux beaux enfants, ce
qui la convainc finalement de travailler de la maison.
Elle y travaille donc depuis 2003 comme graphiste et
illustratrice à la pige.

Hélène aime bien dire qu'elle gagne sa vie en
faisant des p'tits dessins !

MIXTE
Papier
FSC   FSC® C100212

Achevé d'imprimer
en septembre deux mille treize, sur les presses
de l'imprimerie Gauvin, Gatineau, Québec